こんこん狐に誘われて

田村隆一さんのこと

橋口幸子

左右社

こんこん狐に誘われて
田村隆一さんのこと

まえがき

詩人の田村隆一さんの家に間借りすることになった。と言っても、最初は田村さんの四番目の正妻だった田村和子さんが、大家として鎌倉の稲村ヶ崎にひとりで迎え入れてくれた。

なんとなく和子さんと詩人の北村太郎さんとの話はうわさにきいて知っていた。田村さんと北村さんと和子さんとのあいだにややこしい問題があるということを、最初から知っていたことになる。そんなことはさておいて、わたしたちは家賃が少しでも安くて環境のいい住処《すみか》をさがしていた。

真冬に初めて和子さんを訪ねたとき、夕方だったにもかかわらず、稲村ヶ崎の家はきちんと片付いていて気持ち良かった。その雰囲気がいっぺんで気に入ってしまった。

最初からざっくばらんに話し、何の威圧感もない和子さんのことを、わたしはすんなりと受け入れていた。

一九八〇年二月、わたしたち夫婦は鎌倉の雪ノ下から稲村ヶ崎の山の上の家に移り住んだ。

そのときはまだ大家は田村隆一さんの四番目の奥さんの和子さんだった。田村さんは武蔵境の方に住んでいるということだった。

わたしたちがまだ稲村ヶ崎の生活に慣れたとはとても言えない六月頃、和子さんの恋人だった詩人の北村太郎さんが、逗子の間借りしていた部屋から稲村ヶ崎に越してきた。階段を挟んで海に向かって左側の部屋に落ち着いた。

いろいろとややこしい関係とはいえ、わたしたち四人は和やかで落ち着いた日々を送っていた。

何と言っても山の上、稲村ヶ崎の江ノ電の駅から一キロぐらい上ったところで、生活の不自由を感じはじめていたその頃、和子さんも夫も車を買うことになった。ふたりは伊勢原まで和子さんの知人をたよって中古の軽自動車を買いに出かけた。

わたしと北村さんは留守番だった。

昼過ぎに出かけたふたりが夕方帰ってくるまで、わたしと北村さんは落ち着かない気持ちでただ待っていた。やがて夕刻ふたりの賑やかな声が下の方でして、帰ったことを知った。

和子さんは緑色の軽自動車、夫は銀色の軽自動車を嬉しそうにわたしと北村さんに見せた。どちらも中古なのでそれなりの様子だったが、ふたりは伊勢原から運転してきていたので興奮していた。特に和子さんは何十年ぶりかの運転だった。

和子さんは運動神経がよく、すんなりと自分の車に馴染んでいった。そして車にすっかり慣れた秋になった頃、突然田村さんが稲村ヶ崎に帰りたいと言ってきた。

和子さんと北村さんはあわてた。そして北村さんにはわたしが独身のときから借りていた、小町通りのビルの三階の六畳一間に移ってもらい、稲村ヶ崎の家では田村さんを迎え入れる準備を急いだ。わたしたちは大家が和子さんから田村さんにかわることを認識させられた。

北村さんが稲村ヶ崎の和子さんのところに身を寄せているということは田村さんも知っていたわけだから、強引といえば強引な帰宅宣言だった。とはいえ、元々田村さんの家にはちがいなかった。

田村さんが帰って来ると言ってきたその日、わたしは和子さんの運転する軽自動車に乗って鎌倉駅の江ノ電側に迎えにいった。

田村さんが若い女性を伴って降りてきた。

「お帰りなさい」と言うのがわたしは精一杯だった。

「なに、車ってこのおんぼろかぁ?」と田村さんが言った。田村さんは背が高かったから助手席を目一杯さげてしぶしぶ乗り込んだ。若い女性とわたしは後ろの座席に乗り、四人で稲村ヶ崎の家に向かった。

秋も深まった肌寒い日だった。なのにその日田村さんは薄着で、そのうえ着の身着のままで帰ってきていた。家に着くと田村さんが寒いと言うので、わたしは間借りしている部屋に上がって夫の母の手編みの黒いベストを持って降りた。

何を着ても良く似合う田村さんだったから、ベストも最初から田村さんのものであったかのようだった。


田村さんはお腹を空かして帰ってきていた。ほんの少し酔っていたようだった。

ハチミツたっぷりのトーストが食べたいと言った。和子さんのところにはハチミツがなかったので、わたしはうちの常備品のハチミツを持って降りた。

焼き上がったトーストはきつね色でたっぷりとハチミツが塗ってあり美味しそうに見えた。

けれども田村さんは食べるのが上手とはお世辞にもいえなかった。パン屑をハチミツもろともぼろぼろとベストにこぼしながら、すまして食べていた。

「やあ、ベストがハチミツだらけだ」とひそかに思った。

食べ終わって人心地するのを待って、わたしは田村さんにあらためて挨拶をした。

「大家が田村先生だと思うと気が重いので、今日から先生のことを大家だと思うことにします。それでいいでしょうか」

「すると、君たちはうちの店子《たなこ》なんだな。そりゃあいい。店子かあ」と了解して愉快そうに大きな声で笑ってよろこんでくださった。

その瞬間から、大家と店子という田村さんとの関係が始まった。

田村さんが階段を挟んでそこにいるかと思うと、初めの頃は少なくともわたしはいささか緊張した。

ゆるゆると生活していたわたしは、隣の部屋に田村さんがいるというだけで、静かにしなくてはと思ったり、話し声が筒抜けにきこえることが嫌で小さな声で話すようになったりしたが、夫はそんなことにはお構いなしだった。

わたしは気を使いすぎだった。田村さんもそんな細かいことには一切構わない人だということが徐々にわかってくると、肩の力を抜いて暮らせるようになっていった。田村さんの部屋の音も筒抜けだったのだから、細かく気を使っている場合ではなかった。

大家と店子の関係なのだからそんなことにこだわる必要もないのだと自分に言い聞かせて、今まで通りの暮らしにもどった。頭の中の詩人田村隆一の像をおさえて、大家の田村さんという関係を取り戻した。

それにしても田村さんは長いあいだ家を空けていたのに、帰ってきたときは何の荷物も持たず着の身着のままだったために、だんだんに不自由なことが起こりはじめた。

和子さんに頼まれて、田村さんが住んでいた武蔵境からの引越しを手伝うことになった。荷物の整理と引越しだ。わたしともうひとり若い女性と和子さんの三人で、武蔵境にむかった。稲村ヶ崎からはかなり遠かった。なにしろわたしは高円寺より先には行ったことがなかったからひどく遠くに感じられた。

田村さんが借りていた家はとても感じのいい一軒家だった。でも家の中に入ると無残に散らかっていた。何もかもごちゃごちゃで足の踏み場もないのだった。

眺めていたそのとき和子さんがノミに気がついた。

「バルサン買ってきて。早く」と和子さんが言った。わたしたちふたりは馴染みのない街をバルサンを求めて走り回った。どうにか手に入れると急いで戻った。

猫を飼っていたらしい。田村さんが稲村ヶ崎に帰ってからしばらく閉め切ってあったから、部屋の中で繁殖したのだ。

何も片付けないでまずはバルサンを焚いた。その間何もやることがなかった。

「銀行に行かないと、現金がない」と和子さんが言った。

三人で銀行に行った。その日わたしは白いコールテンのズボンをはいていた。やることもないので銀行のふかふかの椅子に坐って待った。そしてなんとなくコールテンのズボンを見ると、白いズボンがなんか変なのに気がついた。膝から下にごま塩のように黒いてんてんがある。じっと見たら弱ったノミがコールテンの溝の部分にいっぱい張り付いている。

わたしは固まった。そこが銀行であることも忘れて、大きな声を出してズボンをはたきまくった。周りのひとには何のことかわからなかったと信じているが、わたしは足踏みしながらバシバシとノミをはたき落とした。そして逃げるように銀行をあとにした。

外で待っていたら、ふたりがでてきた。

「なんだったの」と聞かれたので説明すると、ふたりは同時にそれぞれ自分のズボンを点検していたが、すでに飛び去ってなにごともなかった。

弱ったノミで良かったと胸を撫で下ろした。そのときまでは一カ所も咬まれずにすんでいたのだから。

二、三時間、お昼を食べたりお茶を飲んだりしながら、おしゃべりをして過ごした。バルサンが効いた頃を見計らって三人でもどった。

バルサンが効いていることを願いながらドアを開けた。少し早かったかもしれないが、翌日には荷物をはこびださなくてはならなかった。

部屋の中はまだ匂いはきついしそのうえ目がチカチカするしで、思うようには作業は捗《はかど》らなかった。しかしその晩は泊まることになっていたので必死だった。

ほうきで隅から隅まで掃いたら、まだ生きている弱ったノミが信じられないほどに集まった。わたしたちはむきになって掃いたり拭いたりを繰返した。いっこうに退治はできなかったがそればかりやっているわけにもいかず、いったん終わりにして荷物の整理にとりかかった。

その時間帯には夫と夫の友人も片付けの手伝いに加わっていた。総勢五人で田村さんの荷物を翌日車に積めるように準備した。真夜中までかかった。

寝る時になって、今一度部屋中を掃かずにはいられなかった。夫の友人は荷物が片付くと自分のアパートに帰って行った。残ったのは四人、和子さんはまだ手付かずだった田村さんのベッドで寝た。私たち三人は雑魚寝《ざこね》だったから、何も知らない夫は別にして、わたしたち女性ふたりは、それぞれ自分が一番力を入れて掃除したところに、恐る恐る着の身着のまま寝た。

　翌朝、和子さんはあちこち咬まれてノミの被害をうけた。わたしたち三人は無事だった。和子さんはなにも掃除していなかった田村さんの布団に寝たものだからたくさん咬まれた。

　引越し荷物を積むトラックは昼頃に来た。ほんとうは絵描きだけれど食べるために大工の棟梁をやっている、田村家とは親しいHさんのトラックだった。及ばずながら、銀蠅と名付けた夫の軽自動車にも、いっぱいいっぱいの荷物を積み込むことになった。

　ひとり分にしては多すぎる荷物だった。二台の車にあふれんばかりに積み込まれた荷物を眺めて全員ため息を吐《つ》いた。はぐれないようにしっかりと連なって、武蔵境を後にして稲村ヶ崎にむかった。

なぜだか、荷物を降ろしたり片付けをした記憶はなんにもない。

絵描きで大工さんのHさんは田村さんと和子さんがまだ悠々とは食べられず、生活のために神奈川県の伊勢原というところで借家住まいをしていた頃、同じ家を一緒に借りていたかただった。

一九六六年から一九六八年の短い間だったが、相棒の和子さんはここでの生活を懐かしんでいつも話していた。

野草を食べていただとか、ジャガイモはいつも大家さんに頂いていただとか。当時田舎だったから、セリやノビルなど原っぱに行けば食べられる野草がいっぱいあったらしい。田村さんが四十四歳の頃の話だ。

「ゆきちゃん、フリーで食べていくということは、それはそれは大変なことだよ」とあるとき田村さんが言った。

「ぼくは詩だけで食べられるようになったのは、五十歳だったかなあ。とにかく、頑張って働きなさい」

その頃わたしはフリーの校正者になって三年目頃のまだまだ不安定な時期だった。どっちかというと仕事を全部やめてしまいたくなっていた。

わたしたち夫婦はどちらも不安定でどうにかやっと部屋代が払え、そして主食や副菜は両方の親たちに助けられてやっとこさ生きていたと言える状態だった。

蓄えも何もかも無しになったとき、異常な快感を感じたのを覚えている。

そして、一から仕事探しをし、かつかつの生活を三年くらいつづけた。不思議だが、何もなくなるとどちらかに小さな仕事が舞い込んで食べていけたのだった。若かったから何も怖くはなかった。

ささやかながらも、割と心豊かな暮らしだったと振り返って思うのは、田村さんや和子さんに日々接していたおかげかもしれない。

わたしが田村さんに初めて会ったのは、じつは田村さんが今回稲村ヶ崎に帰ってきたときではない。

早川書房の校正部に勤めていたときのことだった。会社に勤めはじめたときからわたしは鎌倉に住んでいた。小町通りを入って間もなくのところの三階建ての二階と三階にアパートがあって、そこの三階の部屋から神田の会社まで通っていた。

ある日、「ミステリマガジン」に掲載するための田村さんの詩を受け取ってくるように頼まれた。

朝十時頃に行くと、田村さんが自ら玄関に出迎えてくださった。わたしはその頃とても若かったので、玄関先で受け取って帰ればいいものを、「まあ、上がって」と田村さんに言われたのを真に受けて居間についていった。田村さんは、「家内はからだが弱くて朝は駄目なんだ」と言いながらお茶をいれてくれた。

その瞬間から、わたしは問われるままにいろんな話をすることになった。

わたしは馬鹿正直な子供のようだったと振り返って思う。田村さんは聞き出し上手で、わたしは父や母のことから三人の姉たちのこと、生活のことから家族の仕事のことまで、ユーモアたっぷりな問いかけに何もためらわず答えているうちに、ハッと気づくとまるで裸になったも同然だった。こんなに聞き上手なひとに、わたしはいまだかつて出会ったことがない。

田村さんはお酒は飲んでいなくて素面《しらふ》だった。わたしにお茶をいれながらご自分もお茶を飲んでいた。

二時間あまりが瞬く間に過ぎていた。

わたしは神田にある会社に行かなくてはならないこと、何よりも大切な原稿を待っている先輩がいることに気づくまで、二時間もかかってしまった。

渡された原稿はたった一枚の原稿用紙だった。丁寧にお礼を言って玄関を出た。

外に出てからなにやらおかしな気分がした。何だか身元調査された気がして居心地悪い思いを抱きながら田村家を後にして、会社へと急いだ。

ほんとうに上手であった。いろいろと根掘り葉掘り聞き出すのが。こちらはついつい何もかも正直におしゃべりしてしまうのだ。詩だけではなく身元調査の天才でもあったと今はおかしく思い出すことができる。

そんなわけで、同じ家に住むことになる十年足らずまえに、初めて会ったことになる。そんなことはとうに田村さんは忘れていたことだろう。

わたしも、何も言わなかった。

会社に帰って先輩に一部始終を話すと、にっこり笑ってやっぱりつかまりましたかと、さもあらんという顔だった。

田村さんは三十歳のとき早川書房に入社しているから、わたしにとっては大先輩にあたる。

当時、早川書房は木造二階建てだった。二階の編集室に田村さんは陣取って編集長の仕事をしていた。その頃を知っている先輩が、わたしが入社した頃にはまだいた。

「田村さんはすごく勘のいいひとで、ごろ寝していて初代の社長がほんとに静かに階段を上がってきても、ムクッと起きて仕事をしていた。天才的な勘の持ち主だった」

そう聞いたことがあった。何事にも天才的がつくのだ。そうやって四年ほど早川書房に在籍していたようだ。

わたしたちが田村さんのところに間借りしていたのは三年半ぐらいだった。

田村さんが稲村ヶ崎に帰ってきた頃は、まだまだわたしは稲村ヶ崎に慣れていなかった。最初の頃はほとんど家から出ずに暮らしていた。

夫の母はしょっちゅう美味しいものを届けてくれた。お菓子やおかずやごはんを。

わたしの母は米や野菜やハチミツなどを遠く鹿児島から送ってくれた。わたしたちはみんなに支えられて貧しい時代を乗り切ることができた。三十代の初めの頃のことだ。

田村さんは私たちの生活を、自由業のふたりがどう乗り越えていくのかをにこにこしながら楽しんでいたことだろう。

わたしたちは貧しくても一向に気にならず、いわば能天気に楽しく暮らしていた。

けれども、家の中に一円も現金が無くなって初めて危機感を感じた。夫の祖父の援助でかろうじて家賃は滞納することはなかった。田村さんの店子で、あんなに嬉しそうにわたしたちを迎え入れてくれたのだから、わたしは働かなくてはと実感した。

なんとか仕事をもらい、働きだした。夫も不本意な仕事ではあったけれども関東近縁の撮影の仕事を手に入れた。

いつもベッドにいる田村さんが羨ましくもあった。田村さんもあたまの中では懸命に詩を編み出していたのだろうといまは想像できるが、当時のわたしにはあくまでも暇そうに見えたのだった。

田村さんの朝はとても早く、からだの弱い和子さんの朝はいつも十一時ぐらいだった。だから田村さんは、前の晩和子さんがこしらえたお弁当を、二階の自分の部屋で食べていた。思うにお茶がわりのビールでも飲みながら。

田村家では夜中になると、一階の台所からトンカツを揚げるいい香りが漂ってきた。夜中の十一時とか十二時にだ。不思議に思ってあるとき和子さんにたずねた。

「夜中になにをしているの」と。

「田村の朝の弁当を作っているのよ。わたしは、朝起きられないでしょう」

という答えが返ってきた。

毎朝ではないがかなりの頻度で、田村さんは朝からトンカツ弁当を食べていた。

その後すこしずつ変化していった。朝からビールを飲み、それからワインそしてウイスキーという順で飲みはじめると、トンカツ弁当がいらなくなるのだった。そうなったときは自分の部屋でトーストを食べていた。

和子さんは朝は体調が悪く起きられなかったが、その代わり昼から夜中にかけてはとてもよく働いた。

そんなに広くはなかったが庭があった。白いサザンカを中心にいろんな木が植わっていた。真ん中あたりには赤レンガを組んでつくった小さな池があり、金魚を飼っていた。その横がわには小さな花壇があって、花の好きだった和子さんはいろんな花を植えていた。

和子さんは女学校の頃の昔のブルマーをはいて草取りをして、その草を枯らす間もなく燃やすものだから、うちの洗濯物はよく煙のにおいがした。

ガラス窓というガラス窓はいつもピカピカで、窓に無頓着なわたしにはいつもプレッシャーだった。

起きてお茶を一杯飲むとエプロンをしゃきっとつけて、掃除機を部屋から部屋へと隈なくかけまくっていた。スウェーデン製のその掃除機は吸引力もよくて、部屋はまたたくまにきれいになった。のちにはその掃除機が重くなっていやになったようだが、それはずーっとあとになってからのことだ。

和子さんが元気に掃除するのを田村さんは二階の自分の部屋で楽しんでいた。

何年か後に、といっても田村家を引き払ってから十年くらい経ってからだが、わたしたちが材木座の一軒家に越したときに、わたしはいちばんにその掃除機と同じメーカーのひとまわり大きな掃除機を買った。とても高い買い物だった。

田村さんは一日中パジャマを着て暮らした。春夏秋はもちろんのこと、どんなに寒い真冬の日でも素足だった。スーツを着るとき以外、靴下を履いているのを見たことはない。冷たい木の階段を降りてお手洗いに行くときでもいつも。

ふだん出かけるときは素足に布の靴を履いていた。さすがにパジャマのまま出かけることはなかったが、パジャマの上からズボンとセーターを着て出かけた。この習慣は和子さんと一緒のときだけだったかもしれない。なぜかといえば、最後の奥様のところに行ってからお会いすると、いつもダンディに服を着こなしていたから。

しかし、わたしは普段の生活で田村さんがパジャマ以外の服を着て暮らしているのを見たことがない。

この、パジャマを着て一日中ベッドに寝転がって週刊誌を読んでいるか、小さなテレビを見ているかの生活態度は、少なからずわたしに大きな影響を与えた。

単純なわたしは、毎日毎日パジャマを着てベッドに寝転がっていても食べていけることが不思議だった。

悪いことに、なんだかそんな風にしていても食べていけるのだと錯覚を起こしそうになるのだった。積極的に働かなくてはいけないという気がうせていった。

隣にはそういう田村さんがいる。壁のこちら側で一字何銭かで根気強く校正の仕事をしている自分がいる。この大きなギャップを若いわたしはうまく消化しきれなかった。この頃、わたしはなんとも面倒な仏教書の校正をやっていた。

田村さんが帰るまでの何カ月かの間北村さんが隣にいたわけだが、その間には一切そんな感情が湧いたことはなかった。ドアも閉めないでお互い海の方を眺めながら、なんの不満も感じずに暮らしていたのだから不思議だ。

わたしにとっては、ふたりとも天才だったと思うが、北村さんはこっちをリラックスさせるひとで、田村さんはある程度緊張させるきらいがあった。田村さんには気楽に何かを訊ねたりはできなかったけれども、北村さんにはなんでも訊けた。そして答えが返ってこなかったことはない。北村さんは辞書のような存在だった。

田村さんが稲村ヶ崎に戻って、すっかり生活がもとに戻った頃、北村さんが小町のわたしたちの借りていたアパートから、稲村ヶ崎のアパートに引っ越してきた。

田村家から三分ほどのところに、そのアパートはあった。日当たりがよくとても気持ちのいいアパートだったが、北村さんはあまり気に入っていなかった。

田村さんと北村さんと和子さんの三人が毎晩夕食を共にする日々が始まった。

和子さんは夫と恋人を抱えて気をつかっていた。田村さんは妻と妻の恋人ではあるが幼馴染の北村さんを抱え、北村さんは恋人と幼馴染の田村さんの間に挟まって、三人三様に気をつかう生活だった。田村さんと北村さんは食事が終わると、田村さんの部屋に上がってきた。

いつも、最初は笑い声も混じって和やかだった。田村さんが素面のときはそのまま終わりをつげて、北村さんは自分のアパートに帰って行った。しかし、田村さんが飲みはじめるとそううまくはいかなかった。

少しずつ田村さんが北村さんに辛く当たるようになっていった。すると片付け終わった和子さんが間に入って田村さんをなだめはじめた。いつも失敗に及んで和子さんが泣く羽目に陥った。

わたしは隣の部屋から聞こえてくる会話の端々が気になって、こんな関係長くつづくはずがないとはらはらしながら、じっと身をひそめるように暮らしていた。

ふたりの間に挟まった和子さんは、もともと弱いからだだけでなく、こころまで病むようになっていった。

田村さんの気持ちも北村さんの気持ちもましてや和子さんの気持ちも、どう接していったらいいのかわたしにはわからなくなっていったが、三人が同じように幸せを感じるようにはならないことだけはわかった。

田村さんのお酒が増えていったことはもちろん、北村さんも夕食に呼ばれても来なくなったりして、和子さんはだんだんに壊れそうになっていった。

二カ月ほど経った一九八一年一月の寒い日に、北村さんは、横浜の山元町の南京墓地に接するように建っているアパートに越して行った。和子さんとふたりで見送った。喪失感でふたりともしおたれてしまった。

北村さんは車に乗る前に、「和ちゃんを頼むね」と言った。

和子さんは三人の関係の中で、精神的にかなりへとへとの状態だった。北村さんが引っ越したことが引き金になったかどうかわからないが、急速に不安定になっていき、しばらくたってから鎌倉山の病院に入院すると言いだした。田村さんと一緒にわたしたちは病院に和子さんを連れて行った。

田村さんはすでに少し酔っていたけれども、どうにか手続きを済ました。わたしたちは怯《おび》えていた。その病院は、当時わたしたちが和子さんを置いて外に出ると、外からドアノブに鎖をぐるぐる巻きにした。わたしたちは、その金属の音に背中を押されるように帰らなければならなかった。田村さんはわたしたち以上に怖かったはずだ。

わたしたちが怯えていたのはそれだけではなかった。いざ和子さんの退院となったときに、田村さんを探し出せるかどうか、そして病院に連れてこられるかどうかが心配だった。一旦、家を出ると田村さんの居場所はなかなかわからなかった。

和子さんが入院したその日の夜、田村さんが寝る頃になって、わたしは頼まれていたハルシオンという薬と水を持って田村さんのベッドのところに行った。

「お薬を持ってきました」と、なるべく静かな声で言った。

田村さんはあたまに手をやって、「これ飲むとあたまがおかしくなるんだよなあ」と、悲しそうに言った。

「でも、飲まないと眠れないんですか」

「そうなのよ」

気の毒になりながらも、あーんと口を開けている田村さんの舌の上にハルシオンをおいて、水をわたした。

わたしはもう少しお酒を飲めばハルシオンなしでも眠れるんじゃないかと密かに思った。その日の田村さんは軽く酔っているぐらいだった。なにも話すこともなく、でも立ち去り難くて、わたしはしばらく田村さんのベッドの横に立って様子をみていた。しかしどうしても気になっていたことがあった。

「田村さん、ほんとうはあんまりお酒好きじゃないですよね」とつい前々から思っていた疑問を口にしていた。どう考えてもほんとうの酒好きの飲み方とは違う気がしてならなかった。

そのときの田村さんの顔が忘れられない。とても嫌な顔をしてわたしを睨みつけたからだ。

いつも飲んでいたけれど他の酒好きの仲間たちとは飲み方が少し違って見えた。酔いたくて飲むのと好きで飲むのとではわけが違うと、わたしは思っていた。あのときの嫌な顔は何が言いたかったのだろうかと、今でも考える。

田村さんが酒を断っていたある日のことだ。田村さんの部屋とわたしたちの部屋はベランダでつながっていた。そのうえ階段を挟んで引き戸の戸が向かい合っていた。

わたしは珍しく早起きして洗濯をし、洗濯物をベランダに干していた。誰も起こさないように静かに行動していた。何気なく振り返ると田村さんの部屋のカーテンがすでに開いていた。田村さんが起きているなんて思いもしなかった。老眼鏡をかけて机に向かっていた。

えっ、と二度振り返った。二度目に田村さんに気づかれてしまった。わたしはよほど驚いた顔をしていたに違いない。

田村さんがベランダの窓のところに出てきた。

「早いねえ、洗濯かい」と言ってわたしのところまで歩いてきた。

田村さんは、自分が仕事をしている姿を見られてしまったことが照れくさかったに違いない。

田村さんが稲村ヶ崎に帰ってきて二年十一カ月くらい一緒の家に住んだわたしたちだったが、その間見かけたたった一度きりの田村さんが机に向かっている姿だった。

いつもパジャマでベッドに寝ながら新聞か週刊誌を読んでいる姿しか見かけたことがなかった。


その日、田村さんはそろそろ飲みたかったのに違いない。ずいぶん長い間酒を断っていたのだから。

「ゆきちゃん、稲村の谷《やと》のずーっとむこうの山のさきに、狐が見えるんだよ。振り返ってこっちを見ておいでおいでをしているんだよなあ。狐がね、酒飲みにおいでおいでってさ」

名言だ。

田村さんには見えてわたしには見えない、狐の姿を見たいと思って山の端のほうをじっと見つめた。

「ふっふっふ」

意味ありげに笑いながらベッドに行ったが、田村さんは真顔だった。いや、わたしには真顔だと思えたので、ほんとうに田村さんには狐が見えるのだと、その日以来ずっとわたしは信じている。そんなふうにしてまた、すこしずつ飲む日々が始まっていった。今回の断酒はこの日まであった。

酒を切っていたときの田村さんは聖人君子そのものだった。近寄りがたく、わたしたちも呼ばれないかぎり決して田村さんの部屋には行かなかった。田村さんもまた、わたしたちのところのドアを叩くことはなかった。

酒を断っているときの田村さんはよく散歩に出かけた。二階から下にいる和子さんに声をかける。

「和ちゃん、散歩にいこうか」

「はあい」

すでに山の上の精神病院を退院していた和子さん、わたしは退院時の記憶がまったくない。しかし元気になった和子さんがいた。

和子さんは返事して五分以内にはいつも玄関先で田村さんを待っていた。この早さにわたしはいつも驚いていた。何をしていても決して田村さんを待たせるようなことはなかった。

田村家のうらから山を抜けて極楽寺側にぬけ、月影地蔵の所を左に曲がると言っていた。大仏の後ろ側に出るらしい長い散歩道がお気に入りのコースだったが、わたしは和子さんに聞くだけで一度もその全コースを歩いたことはない。そのあとどこまで歩いていたのか知らないが、何時間も帰ってはこなかった。

わたしにとってその時間は、音楽をボリュームを上げて聴けるチャンスだった。

ある日ふたりが散歩に出たので、大音響でビートルズをえんえんと聴いていた。それこそ自分のベッドに寝転がって。

いつも聴くときは迷惑をかけないように低い音量で聴いていたからとてもいい気分だった。

なかなか帰った様子がないので、わたしは長い時間聴きつづけていた。ふと音楽が切れたとき、隣の部屋でカタンという音が聞こえた。ドキッとして音量を下げ、ベランダからのぞいたら田村さんがベッドの背もたれにもたれていた。窓が開いていたので、「ごめんなさい。いつお帰りになったのですか。うるさかったですね。ごめんなさーい」と恐縮して謝った。

「いいの、いいの。ビートルズかい」と言われてしまった。

わるいことしたなあと思いながらも、ひとこと言ってくれれば良かったのにと思ったりもした。

いつもは帰ってくると結構ガタガタと音がするのに、その日に限って静かに帰ってきたらしい。

その日以来音楽を聴くときはボリュームを下げて聴いたが、レコード、というか音楽というものと縁遠くなってしまった。


飲みはじめの田村さんは陽気で、いつもにこにことしていた。面白い話をたくさん聞かせてくれた。田村さんはいつも朝が早かったが、話しはじめるといつでもお昼近くになった。和子さんが起きて、下から「隆ちゃんいいかげんにしなさい」という声がかかることも度々だった。

ぺろっと舌を出して、やわらかく自分のあたまをなでながら、「おじゃまさま」と言うと、自分の部屋にすっと帰って行った。そうこうしていると和子さんがお昼ごはんの声を田村さんにかけるのだ。

飲みはじめるとそんなに食欲はなく、いつもちびちびと飲みつづけていた。グラスのそばに、おつまみがあるのは見たことがない。

弱い酒は朝早くに、そしてやがてウイスキーへとつづくのだ。お昼過ぎて二時、三時になると、よく誘われた。わたしはほとんどひとりで部屋で校正の仕事をしていた。

「ゆきちゃん、美人のおかみさんのいる偕楽に行こうや」と誘われる。

偕楽は江ノ電の稲村ヶ崎の駅のちかくにある食堂で、そばやラーメン、ヒレカツ定食など品揃えが豊富だった。何もかも美味しかったが、チャーシュー麺を頼むとびっくりするぐらいチャーシューがのっかっていた。わたしはここのシナチク麺が好きだった。いつも美味しかった。

田村さんは偕楽の畳の一角がお気に入りだった。二時、三時頃だから、いつも畳のところが空いていた。田村さんは何も食べずビールを飲みながら、わたしが食べるのを見ているだけだった。

田村家ではよく偕楽のラーメンの出前をとっていた。

わたしはここの味が好きで、暑い夏になると冷やし中華が恋しくなり、たまには電車に乗って食べに行くこともある。このごろは一日中営業しているわけではなく、お昼と夕方にしかやっていない。しかし、土、日、祝は昔と同じように終日営業しているらしい。

田村さんが愛したというか認める美人のおかみさんも、わたしが最後に行ったときはまだお店に出ていた。若旦那さんの時代になっているけれども、味はむかしと何も変わらずに美味しい。

ここには和子さんと田村さんが離婚したあと、和子さんとよく通った。和子さんは頑固にラーメンだけを食べていた。

酔い切ってないある日には、話しているのに飽きると、「ロンディーノに行って海を見よう」と言うのだった。

海は遠くにではあるが家の二階からは見えたのに、より近くに見たかったのかもしれない。しかも三時頃だった。

勘のいい田村さんと一緒に行くと、いつもお店は空いていてお好みの特等席に坐ることができた。お店に入って右側のいちばん奥の席だ。田村さんが坐ったその席には海側に小さな窓がついていて、飽きるまで海が眺められた。残念ながら今はいつ行っても並ばないと入れないほど人気のレストランに変わってしまった。

当時はイタリアンレストランも珍しかった。稲村ヶ崎の海べりの道路沿いに建つ黄色の様相は、今もむかしも変わらない。

田村さんはマルゲリータのピザとワインを一本、わたしはいつもペペロンチーノのスパゲティを注文した。わたしは田村さんの話すことに相槌を打つだけで大して話すこともなかったが、田村さんは美味しそうにワインを飲みながら、にこにことただわたしの食べる様子を見たり外を眺めたりしていた。

わたしがペペロンチーノを食べ終わると、いつも自分のピザをわたしに食べるよう勧めた。自分ではひとかけ食べるのがやっとで、あとはワインさえあれば良かったのだ。

わたしはまだ若かったから、赤いトマトソースの上にバジルの葉っぱが行儀よく並んでいるマルゲリータのピザを、遠慮することなく時間をかけて頂いた。

その間客もこずに完全に貸切状態だった。今思うと、嘘のようなお店の状態だった。一本のワインを空けるまでゆっくりとした時間をすごせたのだった。

そろそろ夕方になってひとが入りはじめると、きちんと一本ワインを空けて、「出ようか」と言った。決して帰ろうかではなく、出ようかなのだった。

ワインを飲みながら考えていたに違いない、つづきはどこで何を飲もうかと。

たまには鎌倉の街まで同行したが、大抵は稲村ヶ崎の駅で別れ、わたしは山の上の家に向かい、田村さんは飲み足りないお酒を求めて江ノ電に乗って街へと向かった。


酔いが少し回ってくると、田村さんはよく自分たちが食べられなかった頃の話をした。

「なんてたってさあ、伊勢原にいるときなんか雑草を食べて生きていたんだからね。ゆきちゃんたちはまだまだマシなほうだよ」

わたしは和子さんからその頃の話はたくさん聞いて知っていた。けれども、田村さんが話すとその真実味はいちだんと大変だったらしいとわかるのだった。

和子さんは料理上手だったから山野草を美味しく料理していたのに違い

ない。田村さんは飲むとあまり食べないのだから、あまり関係なかったのかもしれない。野草の御浸しやただで手に入るじゃがいもでコロッケを作ったりと何も苦にはならなかったと、和子さんは話していた。

でも、和子さんがずっとほんの少し気に病んでいたのは、田村さんが東京で酔っ払ってタクシーで伊勢原まで帰ってきたときに、お金がなくてお父さんに買ってもらったスイス製の腕時計で支払いを済ませたことで、自分の腕時計を撫でながら、「いい時計だったのになあ」と何十年も経っているのに惜しそうに言っていた。

そんな和子さんのこころの痛みなんて、田村さんにはあまり応えていなかったことだろう。

和子さんは、田村さんがどっちみち飲むのだから、お歳暮やお中元はお酒がありがたかったと話していた。お酒はどうしても買わなければならないものだったから、と。

田村さんは話し上手だったから、いろんな体験談を聞いているうちに、同じ体験をしているような気分になるのだった。

田村さんの酔っ払っての過去の行いについては、もう時効だろうけれども、飲み屋の借金を何軒か踏み倒したこともあったと話していた。

田村さんよりずっと若いわたしが言うのも何だが、思うに田村さんが何を言おうと何をしようとなんとなく許せる気持ちになるのは、わたしだけではなかったはずだ。どんな話をされても驚くことはあっても、そして、他のひとだったら許せないようなことでも、田村さんなら許せるということが不思議だった。


田村さんはロンディーノが好きだった。というよりその頃稲村ヶ崎には、偕楽とロンディーノを除けばあまり飲んで食べられるところがなかった。

いろんな話を聞きながら思っていた。雰囲気のいいこのロンディーノが好きなのはわかるが、ワインは楽しんで飲んでいるというよりも酔うために飲んでいるのではないのかな、と。田村さんがワインについて詳しいとはとても思えなかったからだ。

酔うのが好きで、たまたまロンディーノにはワインしかおいてなかったから、ここではワインを飲んでいるに違いないと思った。

わたしはパクパクと食べた後は、田村さんの酔い話に耳を傾け、気がつけば空になったグラスにワインをそっと注ぐしかやることがなかった。わたしは田村さんにとって決していい飲み相手ではなかった。気の毒に、田村さんはひとりで話しつづけるしかなかった。大昔の早川書房の編集長時代の話にだけは、少し参加できた。

とりあえずは一本ゆっくりと空けるまでは腰をあげることはなかった。

酔いが回ってくると、いろんなひとに対しての不平不満が溢れるように出てくるのだ。名前も知らない人の話も出てくるから、わたしは頷くでもなく、否定するでもなく、にこにこと聞いているしかなかった。一緒になって不満を言う相手でもなかった。

時間はゆっくりと過ぎていった。

それにしてもロンディーノが好きでよく行った。

「ここにはね、ちょうどひとが引けた時にくるのがいいのよ。今日みたいにね」と得意げに言った。その当時はそんな時間帯がロンディーノにもあったが、いまはいつもいっぱいのひとでうまっている。

そんな空いた時間を占領する勘のよさには、いつもかぶとをぬいでいた。

勘がいいといえばすごいのだ。

わたしたちが朝ごはん（トーストとたまごと野菜とソーセージ）を、さあ頂きましょうというその瞬間、田村さんがわたしたちの部屋のドアをとんとんと叩くのだ。まさに見ていたかのようなタイミングだった。

「ちょっといいかい」いつもそう言ってウイスキーとコップをぶらさげていた。そんな時間にウイスキーを飲んでいるときは、田村さんのお酒が徐々に進んでいる証拠だった。

「ぼくはもう食べたから。ちょっと一緒にここに坐っていいかい」

いつも同じ台詞。酔っていなければこんなことは決して起こらない。わたしたちは田村さんのひとり言に近いお話を聞きながらの朝食となるのだった。めったに食べ物は欲しがらなかったけれどもたまに、「そのソーセージうまそうだな。一本いいかい」と言うこともあった。

こういう朝の始まりの日は、ほとんどの日がお昼近くまで居座っていた。

「ちょっとトイレ借りるよ」と言ってかえってくると、しばらくたってから、「あそこにある焼酎、ちくりと一杯くれるかい」と目ざとくみつけて言うのだ。わたしは鹿児島生まれで、母や姉が、珍しい焼酎が手に入るとわたしのパートナーのために送ってくれて、いつも美味しい焼酎が我が家にはあった。

こと酒に関しては信じられないほど鼻が利いた。そんなときの田村さんの要求ぶりはいたずらっ子のようだった。

そうこうしていると、そのつよいタバコを一本くれるかい、とくるのだが、決して嫌味でもなんでもなくて自然体だった。ひとりで飲み、ひとりでしゃべり、そして三人で大笑いする何時間かだ。三年近く繰り返されたできごとだが、一度も嫌だと思ったことはなかった。

田村さんも朝からひとりっきりで飲むよりも、若輩者のわたしたちでもいたほうが、楽しかっただろうと思う。

すっかり田村さんの不思議な魅力に引き込まれていたわたしたちが、いつでも快く迎え入れていたことは、田村さんがいちばんよく知っていた。

315583

あるとき隣の田村さんの部屋から和子さんの大きな声が聞こえ、どうやら田村さんの詩を読み上げているらしい様子がうかがえた。何事だろうと不思議に思った。なにしろ隣の部屋だ、そこにいるかのようによく聞こえる。

やがて、詩の聞き書きの最中のようだなと気がついた。

ベランダの方の窓から、そっとほんの瞬間覗いてみた。

田村さんが目を閉じて頭をなでたり、じいっと考えたりしながら言葉を発して、和子さんがノートしていっている。

「どんな字、わかった、次」と和子さんの声が飛ぶ。辛抱強く長い時間聞こえてくる。

わたしはそんな仕事のやりかたを初めて現実に目にした。どう考えても、よほど頭がクリアでないと、と思った。なにしろ先に発した言葉、文章のすべてが頭に入っていなければならない。

生み出す田村さんも大変だけれども、筆記をしていく和子さんの方も大変であった。

ふたりのやりとりは、小気味いいほど軽快だった。

和子さんは博識でよくできるひとだったから、田村さんと対等に仕事をこなした。

一段落つくとできあがったところまでを、和子さんが改行や句読点漢字ひらがなの表記まで含めて読みあげる。紙に書かれている様子が伝わってくる。

普通の文章ではないのだ。詩だから一字一字がとても大きな意味を持ってくる。空間も大事だ。

根気強く長い時間、ときには数日におよぶこともあった。たいていは田村さんが酔っていたときのできごとだ。詩人とはなんとやっかいな代物だろうとそのとき思ったが、考えてみれば詩人が厄介なのではなくて、酔った田村さんが厄介だったのだ。

ふたりはとにかく根気強かった。あんな仕事のやり方は凡人のわたしにはとてもできない。

自分で書くこともあっただろうが、そんなときはきっと素面であり、しかも誰も起きていない早朝だったのではないかと思う。

なにしろ田村さんは口癖のようにわたしに言っていた。

「ゆきちゃん、仕事というものはね、朝のうちに片付けて、午後は遊ぶのよ」

その時分は若かったのでどうしても夜型人間だった。けれども今なら田村さんの言っていた意味がよくわかる。放っておいても、朝早くに目がさめるのだから。

田村さんは素面のときよりも、ほろ酔いか泥酔しているときのほうが長かったが、わたしたちがここに住むはるか以前からそうであったらしい。和子さんが知り合った頃からずっとそうだったと和子さんは言っていた。泥酔すると家にもあまり帰らなくなったりしたらしい。

伊勢原に住んだあと鎌倉に移ってきた。材木座にしばらく住みながら、和子さんのお父さんの協力を得て稲村ヶ崎の土地の借地権を手にいれ、お父さんの絵を貰い受けそれを売って建築資金を作ったと和子さんに聞いた。後は田村さんがローンを組んで支払ったそうだ。

稲村ヶ崎の家をたいそうによろこんだのはもちろんだが、酒が切れることはなかった。何日も帰らない田村さんのことを和子さんは、またか、と思ったらしい。その間、田村さんは風呂にも入らずぼろぼろになるまで外の生活をつづける。そろそろだなと思うと和子さんは風呂をいつも沸かして用意していた。

そんなところに田村さんがヨレヨレで帰ってくると、玄関先で田村さんを待たせ、お風呂からバケツいっぱいのお湯を汲んで、待っている田村さんにかけたという。そしてお風呂に連れ込んで服を脱がし、下着にいたってはハサミで切って裸にして和子さんも一緒に風呂に入りながら、田村さんをきれいに洗ったと言っていた。

思い出すにわたしが稲村ヶ崎に住んでいる間、田村さんがお風呂に率先して入るのを見たことがない。

ひきかえ、和子さんはどんなに遅くなっても毎日湯に浸かり、そのあと三年連用日記をつけるのが長年の習慣だった。

その習慣は和子さんが離婚してそのずっとあと、認知症が少し進むまでつづいた。何十年にも及ぶ素晴らしい習慣だったとわたしは思った。

しかしながら、自分の倍はある田村さんを風呂にいれるのは、大仕事だったろう。想像を絶することだ。

田村さんはときどき顔の色が白くなり、わたしはあれっ、こんなに白かったかしらと思ったものだったが、たぶんそのときがお風呂に入った日だったのだと思う。

ある週刊誌の企画で、稲村ヶ崎の田村家の狭い庭に本物の船をおいて野天風呂を作り、田村さんが女優さんと一緒にその風呂に入るというものがあった。

関係者がたくさん来た。広くもない庭に船を設置するのはおおごとだった。それでもなんとかそれなりのセッティングが整い、船を掃除して船にお湯がまんまんと注がれた。

わたしたちは一階の家の中から今か今かとその時を待った。この大勢のなか田村さんがどんな格好で現れるのか、さらに女優さんは裸なのだろうかどうだろうかと話はもりあがった。

わいわい言っているなか、まずは田村さんがすっぱだかで現れた。しかも、フリチンなのに堂々と船に向かって歩いてきた。さすがだなあとわたしたち見物組は、驚きながらも感心してしまった。

さあ、次は女優さんの番だ。胸から下を真っ白なバスタオルで包んでお出ましになった。船のそばまできたらおもむろにバスタオルをはずした。なかは水着姿だった。いっせいにため息があがった。

ふたり並んで船のお湯につかり気持ち良さそうだったが、スタッフとわたしたちを含めてあまりに野次馬が多かった。

撮影はすぐに終わり、わたしたちも自分の部屋に戻った。

上手に撮影するものだ。週刊誌では女優さんも裸のように写っていておかしかった。庭から船のお風呂を背景に、稲村ヶ崎の谷が海に向かって美しく写っていた。

撮影が終わった後、何週間か船が置きっ放しで残骸が鎮座していて、和子さんが鬱陶しがった。

わたしは誰もいなければ、とくとくとお湯をためて風のなかでその船のお風呂に入ってみたかった。


稲村ヶ崎の田村家の二階は、ほんとうに気持ちの良い所だった。いままでは田村家の後ろにも家がたくさん建っているが、わたしたちが借りていた頃は、後ろはどん詰まりの崖まで家が建っていなかった。草っ原が崖までつづいていた。

夏には、崖を降りてくる風が涼しくて、台所の窓を開けていると扇風機もいらなかった。

冬は海側の窓から太陽がさんさんと当たって、こたつが一つあれば十分にすごせた。ストーブをたいたかどうか記憶にない。

ベランダではよく洗濯物が乾き気持ち良かった。家の周りにはサザンカを植えようとふたりで話し合ったそうだ。そして、玄関の入り口はきっといつかサザンカのアーチができるだろうと語り合ったと、和子さんは話していた。

けれども、わたしたちが間借りした頃にはサザンカは少し荒れていた。海側のサザンカもあんまりきれいに咲きそろったことはなかった。

わたしたちが借りていたのは、六畳と五畳半のふた間と横に長い四畳ぐらいの台所、そのはしにユニットバス、それがすべてだった。

なにも荷物がなければ十分だっただろうが、わたしたちは驚くほど大量の荷物に囲まれて暮らしていた。それでもなにも不自由は感じなかった。

ベランダがわたしの息抜きの良い場所だった。あるとき、真ん中あたりに鳥用に餌台を作ったら、びっくりするくらい鳥が寄ってきた。置いておく餌によって鳥もいろいろ来た。わたしはスズメかメジロかホオジロぐらいしか見分けがつかないが、夫はすぐに小さな鳥類図鑑を買ってきた。レースのカーテンをしめているとほんのそばで観察することができた。わたしはキジバトが来てくれることを願って、豆をおいたりしてみた。

うるさかったかもしれないが、田村さんも和子さんも、一言も文句は言わなかった。

わたしたちにとってはほんとうにいい大家さんだった。反対に、わたしたちがいい店子であったかどうか知る由もないが、そうであったと思いたい。

武蔵境でのノミのことを思うと、田村さんは猫にはこりごりだったに違いない。

なのに、わたしたちはモジャモジャ三毛のなついてきたノラ猫を飼いはじめた。田村さんも和子さんも何も言わず許してくれた。

このもじゃもじゃ三毛は我が家にやってきたときに、鼻にペケマークの傷をおっていたから、わたしは「ペケ」と命名した。とても人懐っこくて誰にでも甘えてみせる。

後々わかったのだが、とてもかしこいメス猫だった。

わたしたちが散歩に出かけると、道端の木に登ったり降りたりしながら、どこまでも一緒に散歩するのだった。

いったい、前の飼い主はなぜ捨てたのだろうか。

ペケは、わたしたちが飼うと決めた日の午前中に、和子さんが一度は拾った。でもやっぱりやめたと言って、遊びに来ていたSさんに頼んだ。

「帰り道、車に乗せて行ってどこか遠くに行ってから放してよ」

和子さんらしいとわたしははがゆく感じながら思った。

それなのに、なぜか夕方わたしたちが家に帰ったときには、わたしたちの出入り口に坐っていた。そして甘えて足にまとわりついてきた。

小さな可愛い生き物にふたりとも一瞬、即、飼うことを決めそうになった。でも先のことを考えると困難がいっぱいだ。わたしはこころを鬼にして彼に言った。

「食べ物をやったらおしまいだからね。絶対に餌をやらないで」わたしは大きな声で叫んだ。「わたしたちは借家住まいなんだからね」

でも結局は彼が食べ物をあげてしまった。ますます懐いてしまって、堂々と部屋の中に入ってきた。わたしは小さい頃から猫も犬も一緒に育ったが、彼は犬しか飼ったことがなかった。自由奔放な猫のすべてが珍しかったに違いない。

和子さんと田村さんに許可をもらって、ペケはわたしたちの最初の飼い猫になった。どこかに捨てに行くにはあまりにペケは人懐っこかった。

ペケは行儀もよくて、すぐに我が家の家族になった。うちを確保すると家の周りや、うしろの草原を探検してすっかり知り尽くし、のびのびとしていた。成猫で飼いはじめたから、ペケの年齢はわからなかった。

和子さんはまだ若いよ、と言ったけれど、わたしたちはさっぱりわからなかった。

何カ月か経った頃なんとなくペケが太ってきたなあと思ったが、すぐに妊娠していることに気がついた。たくさん産んだらどうしようとはらはらした。

ある日こたつの中でペケが子猫を産んだ。四匹全部死産だった。わたしは極楽寺に抜ける坂道の日当たりのいい場所に穴を掘って埋めた。そこからは、ペケの大好きな草っ原が見通せた。わたしたちの部屋も見えたからなんとなく安心だった。

しばらくのあいだ、ペケはおっぱいが張って気にしていたが、やがて何事もなかったように、もとの甘えん坊のペケにもどっていった。

避妊手術のことは、これっぽっちも思いつかなかった。何カ月かのちには再び妊娠していることに気づいた。

ペケはどこかに隠れてお産するという気配を一度も見せず、わたしたちの目の前で子猫を産み落とした。けれど生まれた子猫を一切舐《な》めずにいた。焦ったわたしは、袋の中で蠢《うごめ》いている一匹の袋を破いた。真っ白な子猫がコロンと出てきた。ペケはそれを見て懸命に舐めはじめた。

今回も四匹産んだ。けれども一匹しか助からなかった。残った三匹をまた坂道に埋めた。

ペケは懸命に育てようとしていた。

子猫の爪は絹糸のようだ。わたしもここまで小さな子猫は初めてだった。ふつうは隠れて産んで、よちよち歩けるようになると、親猫がくわえて連れ出してくる。

ペケの子猫はわたしたちの眼の前でコロンと生まれた。だから、「コロンタ」と名付けた。箱に布をしいて子猫を入れるとペケも一緒に入った。

コロンタは、ペケの愛情ばかりでなく、わたしたちの愛情もたっぷり受けて育っていった。

しばらくたったら、ベランダに真っ白だが薄汚れた大きなオス猫がやってきた。そこらで遊んでいるコロンタに近づくと、くんくん匂いを嗅ぎ、納得したかのようにベランダで昼寝をしていった。コロンタの父猫に違いなかった。

この父猫には「ゴロンタ」と勝手に名前をつけた。堂々とした賢そうな父猫の登場に、びっくりしたがすんなりと受け入れた。

ゴロンタはわたしたちの部屋には入ってくるのに隣の田村さんの部屋には決して入らなかった。

でも、うちから帰るときは田村さんの部屋の前に坐って、じっとしばらくのあいだ田村さんの方を向いていた。いかにも挨拶しているかのように見えた。


そんなある日、いつものようにとんとんとドアを叩いて田村さんがわたしたちの部屋にきた。

「あいつ、あの白い大きな猫のやつ、りっぱだなあ。帰るときはいつもぼくに挨拶していくもんなあ」

と笑いながら言った。それまで店子として、猫のことで緊張していたわたしたちはその一言で緊張がほぐれた。ほっとした一瞬だった。

じつはゴロンタは挨拶したあと、田村さんの部屋の外の片隅でいつもマーキングをしていたのだが、わたしは黙っていた。

その後、いやその前も、田村さんは猫のことで一度も文句を言わなかった。ペケとコロンタ親子は、わたしたちでさえ眠れないほどベランダからひさしへと走り回って、夜中に大きな音をたててさぞうるさかっただろうに、ただの一度も注意はうけなかった。

田村さんは和子さんと暮らしているときは、稀に見るほど服を持っていないひとだった。ほんとうに必要な服以外の用意がなかった。シンプルライフの極まったひとだった。まあふだん家にいるときは、パジャマなわけだからいらないといえばいらないが、わたしが知っているなかではいちばんだ。

けれども、一旦ちゃんとした服を着ると、誰よりも格好良かったから不思議だ。何を着てもよく似合っていた。

真冬はパジャマの上にセーターを着ていた。手足が長かったからパジャマはいつもちょっと小さめに見えていたが、散歩や外出のときはその上から洋服を着て出かけるのだ。真夏は違っただろうが、その他の季節はいつもそうだった。まさか東京に行くときは違っていただろうと思うが、自信がない。鎌倉の中ではいつもそうだった。痩せていたからそんな風には見えなくて、外見は普通だった。

それに真冬でも靴下を履かなかった。いつも布製の底の薄っぺらいズックを履いて、鎌倉を歩いていた。

田村さんはよく入院した。泥酔のあと酒を抜くために。自宅では無理だったのだろう。

ずうっと飲みつづけると肝臓のことが不安になり、自分から言いだして入院するのだ。酒を断ち真人間になるのだと言っていた。ある意味どこか臆病なところがあった。

和子さんによると、田村さんは肝臓が心配のあまり、パジャマの上からいつも人差し指で肝臓のあたりを突きつづけたそうだ。ひっきりなしに何日も突くものだから、パジャマに穴があいたこともあったという。

「爪のせいもあったと思うけど、ほんとうに下着まで穴があくんだから」

と和子さんは呆れた顔をして何度も言っていた。

それほど自分のからだを案じているのに、飲んでは断酒し飲んでは断酒するという日々を、若い時から繰り返していたことになる。

酒を断って皮膚科で顔のシミ抜きをしてきれいな顔になったときのことを、覚えている。皮膚科の先生が美人なんだと照れ笑いしながら話していた。

あるとき田村さんに、コム・デ・ギャルソンの紳士服のモデルの仕事がきた。撮影は高梨豊さん。高梨さんは超一流の写真家だ。わたしたちは許可をもらって、邪魔にならないように見学させてもらった。

新しい服に着替えるたびに、あたかも田村さんのために誂《あつら》えたかのように良く似合った。軽い服装から、きちんとしたスーツ、その上にコートを羽織る。服に合わせて田村さんの表情も変わる。

役者だなあと感心しながら、田村さんのモデルぶりを眺めた。どのパターンの服を着ても、ダンディで素敵なのだからびっくりだった。

部屋の中に坐らされたり立たされたり。海の見えるベランダに出たり、田村さんもまんざらでもない様子でポーズをとっていた。

わたしは心の中で思った。撮影の終わった服を残らず田村さんのために置いていってくれるといいのに、と。

さすがに、海までの撮影には付いて行かなかったけれども、家での最後の撮影が藍のパジャマだった。この一枚こそはお土産に置いていってほしかった。あまりにもよく似合っていて大きさもぴったりだった。りっぱなコートをとは言わない、せめてパジャマだけは、と。でもぱたぱたと片付けられ、とうとうパジャマも片付けられてしまった。

撮影の最後の頃、高梨さんと話す機会に恵まれた。ひとこと助言された。

「天才と一緒に住んでいると人間駄目になるよ。気をつけてね」と。

確かに、と私は思った。真理だとも思った。

日々面白いことや、珍しい事ばかりが起こって、若かったわたしたちは目をくるくるしていたに違いない。

毎日が非日常で面白かった。気がつくと何もしないで一日一日がすぎさっていた。それでも当時は何の不安も感じずに生きていた。

思えば、隣に田村さんがいるだけでも不思議なことだったのに、加えてパジャマを着て寝ているだけでちゃんと食べていけているのを見たら、影響を受けないでいるなんてことがあるだろうか。

わたしたち、いやわたしはあらかた家にいたから、完全に影響を受けたと思う。

ずーっとあとになって誰かが言っていたと聞いた。

「田村はあれで、コム・デ・ギャルソンのコートかなんか着ているんだよなあ。それがまたよく似合うんだよ」

たぶんモデルになったときの写真を見たのだろうと思う。田村さんは和子さんといるときはあんまり服はなかったけれど、最後の奥様のところに行ってからは、いつ会ってもきちんとスーツを着ていた。

田村さんは不思議なひとだった。

何を言われても、何をされても、あの屈託ない笑いを耳にすると、こちらまで一緒に笑って、僭越ながらなにもかも許せるのだ。といっても、田村さんはわたしたちを責めるようなことはいっさい言わなかった。

いつも励まし、生活の苦しいわたしたちをおもんぱかって、

「自由業はなかなか食えるようにはならないよ。ぼくが食えるようになったのは、さあていくつのときだったかなあ」

などと真面目な顔をして言うのだ。

もちろん、酒が入っているときのことだ。酒が入っていないとほとんどおしゃべりはしなかったように思う。


「あるとき、東京の行きつけのお店である編集者と飲んだのよ。酔いもまわってきて、金はあったのよ。だけど飲み逃げしようという話になってさ。そのお店は表からも裏からも入れるようになっていたんだ。ぼくは裏から出るから、君は表から出なさい、ということになって、でも、同時に出なきゃ駄目だよ、と」

「で、どうなったんですか」と聞くと、

「まんまとうまくいったのよ」とおかしそうに、そして嬉しそうに話すのだ。

「どうせ、行きつけのお店だしね。でもね、その日はお金をはらいたくなかったのよ」

と、得意そうに話すのだったけれど、和子さんは、月末にはいつもいろんなところから請求書が送られてきたもんよ、と言っていたので、そこの飲み代もきっと和子さんのところで精算されていただろうと思う。すこし酔うと少年のように無邪気な田村さんだったから、本気で嫌うひとはいなかったんじゃないかと思う。

途切れることのない話にわたしたちは、時間を忘れて聞き入ったものだ。何時間聞いていても飽きなかったのだから仕方がない。

田村さんがとんとんと訪ねてきていた部屋、つまりはわたしたちの借りていた部屋は、元々は田村さんの部屋だったらしい。なつかしかったのだろうか。でも田村さんはそれほど感傷的な性格ではなかった。しかし、田村さんがここに来ると、部屋の主は田村さんになってしまうのだった。「この狭い六畳の空間では、詩が書けない」という田村さんの強い要望があったために、そのときの部屋の状況に増築したのだということは、和子さんに聞いて知っていた。

田村さんの部屋は十二、三畳の板間の部屋だった。

そこには田村さんのベッドとサイドボードがわりのベンチ、そして田村さん自身の著書だけがおさまった本棚二つと来客用の布張りの感じのいい長椅子があった。田村さんの仕事机を忘れてはいけなかった。

余計なものを置かず寒々しいくらいサッパリと片付いた部屋だった。


ペケのコロンタへのしつけというか教育ぶりは目を瞠《みは》るものがあった。バッタなどの小さな虫を持って帰ってくるのが始まりだったと思う。ネズミやモグラ、コロンタの成長に合わせて少しずつ大きなものを持って帰ってきた。獲物を持ってくるときの特別ななき声は、わたしをいささか緊張させた。

ある夜中だった。電気もつけず暗闇でわたしは待っていた。やがてペケが部屋の中に入ってきた。同時にぼとっと何かを落とした。コロンタへのお土産だ。わたしは音のしたあたりを暗闇で手探りした。

「うわあー」と叫んだ。なんだか感触が気味悪かったからだ。急いで立ち上がって明かりのスイッチを入れに行った。ペケの顔ほどもある大きなカエルだった。

夜中の奇声は当然田村さんの部屋には届いたことだろう。誰もなんの反応も示さなかった。その夜夫がいたのかいなかったのかさえも記憶にないが、ペケは得意そうにコロンタを呼びカエルを見せた。コロンタは小さな白い手でつんつんと突いただけで、それ以上の反応は示さなかった。カエルもじっとして動かなかった。それもそのはず、もう冬に近くこたつを作っていたから、冬眠しているカエルを掘りだしてきたのだと思う。

ペケに次の恋の季節がやってくる前に避妊手術をほどこした。

あいかわらずゴロンタも毎日とは言わないが、ベランダに現れては、ご飯を食べて昼寝をして、礼儀正しく田村さんの部屋の前でじっと坐って挨拶をしてどこかへ行ってしまう。わたしたちはゴロンタがあまりに汚れてくるとお風呂に何回か入れた。少し暴れたが、入ったあとは気持ちよさそうに昼寝していた。コロンタと同じ、真っ白で稀に見るほど大きかった。いつか居ついてくれるかなと期待したが、眠りから覚めるとあいも変わらず挨拶をして、どこかへと消えていった。

「偉い奴だ」と田村さんはいつも気がつくと褒めていた。

田村さんは人恋しくなると、友だちを呼びよせていた。案外電話好きで自分から電話をかけるのだ。メンバーはあまり変わることはなかった。

自分がちょっとでも飲みたくなると、断酒しているときでも家に来るようにと誘った。

俳優のMさんと大学教授のKさんだ。ふたりともいつもすぐにとんできた。ふたりとも笑い方に特徴があって、わたしは見なくてもふたりが来たことがわかった。

おっ、今度の断酒は今日までかなと隣にいて思ったものだ。

初めのうちは田村さんの断酒につきあって、招かれたふたりもお酒を飲まずにお茶を飲みながら、何時間もいろんな共通の知り合いのうわさ話を面白おかしく言い合っては、大きな声で笑い合っていた。大きな声で話し大きな声で笑い合う。

男たちも井戸端会議をするのだと、そんなときは思った。なにしろ何もかもが聞こえてくるのだから。

何時間もそんな様子で語り合っていた。でも夕方になると三人ともなんとなく落ち着かなくなってくるのだ。田村さんの心が決まるまではふたりは素知らぬ様子で楽しそうに語り合っていた。

そしていつでも田村さんが、我慢できなくなって、「町にでるか」ということになる。ふたりは大喜びで賛成して、わっと盛り上がるのだ。

しばらくたつと、三人揃って鎌倉の町に飲みに繰り出すのだ。三人で、あそこよほら、美人のママのいるあそこへ行こう。決まると早い。さっさとパジャマの上に服を着て、三人の年のいった少年たちは足取りも軽く出かけるのだった。

当時、「茜」といった、田村さんの最後の奥様になられた方のお店の名前を言いながら階段を降りる三人の足音は、まるで若者たちのようだった。

三人が出かけた後には稲村ヶ崎の家には静寂が訪れた。

酔った田村さんは相変わらずとんとんとドアを叩いて、私たちの部屋にウイスキーをぶら下げて来ていた。中くらいに酔っているとよく海軍の話をした。ひとしきり海軍は偉かったのだという話をして、ひとりで得意になっていた。

戦後生まれのわたしたちには、海軍がどれほど偉かったのかわからなくて、うんうんと頷きながら聞いているほかなかった。

「なかでもね、ぼくはだれよりも要領がよかったのよ」

と何かを思い出したかのように、あっはっはっはっとからだをそっくり返して笑ったり、くすくすと笑ったりしていた。その間わたしは、笑っている田村さんの様子を見ながら笑っていた。

不器用に生きているわたしたちに、海軍での自分の要領のよさを語りながら、もっと要領よく生きなさいと言っているかのようだった。

海軍での話はたくさん聞いたが、いまひとつわたしたちに興味がなかったせいか、その場その場での面白おかしい笑い話のように、通りすぎていった。

でも、「一別以来」の話のことだけはよおく覚えている。

「紙と書くものないの」とあせるように要求して、ちょっと震える手でしっかりと、「一別以来」と書いて満足そうに自分の字を眺めながら言った。

「意味がわかるかい。海軍の集まりがあると挨拶がわりによく言うことばなんだよ。どういう意味だと思うかい」

こちらが答える間もなく、

「ひさしぶりっていう意味なんだ。かっこいいだろう。ね、かっこいいよね」

と、あごをちょっとあげて、なんとも得意そうに話しつづけた。

わたしたちはよっぽど大事な仕事がない限り、酔った田村さんの話を聞きながら午前中をすごした。自分たちのやることも忘れさせるほど、田村さんの話がわたしたちには魅力的だったのかもしれない。

ほろ酔いの田村さんはほんとうに魅力的な話し手だった。わたしたちには、完全な泥酔状態の姿を決して見せなかった。

わたしたちの朝食に付き合いながら飲む日々はつづいた。ひとりで愉快そうに語り、笑いながら、いつでもちびちびとウイスキーを飲んでいた。疲れると、「ちょっと横になっていいかい」と手のひらを枕にして横になるのだが、面白い話を思い出すと、くすくすっと笑いながら跳ね起きて、すぐにまたおしゃべりが始まるのだ。

うわさ話やむかし話を語りはじめる。わたしは名前だけしか知らないひとの話や、ちょっと意地悪な話はあまり興味がなかったし、どう反応していいかわからなかった。

敏感な田村さんは、すぐに察して違う話に切り替えた。わたしは悪いうわさ話やすこしでも下ネタの話がでると、きっと嫌な顔をしていたに違いない。

その頃わたしは、ほんとうに融通の利かない、半端な真面目人間だった。

上手に話をあわせたり、わからないことに頷いたりといったことができない、不器用な面白みのない人間だったたと思う。

田村さんの話は他愛のない冗談だったりするのに、わたしは知らん顔ができなくてきっと表情が硬くなっていたことだろう。

いつも笑顔の田村さんだった。どんな話も笑いなしにはなかった。思い出すと、酔っている時の田村さんの顔は、いつも笑顔である。照れくさそうであったり、ほんの少し意地悪そうであったり、心からおかしそうだったり、たくさんの笑顔をあふれるほど思い出すことができる。

そして、「そうだろう、ね、そうはおもわないかい」などと、こちらの同意を得たがった。

でも、何もかも泥酔していないときの田村さんの顔だ。

いつものように、これ以上ないというタイミングで、わたしたちの朝食の時刻にドアを叩く音がした。

いつもよりか少し酔っているように見えた。

「ちょっといいかい。あいかわらずうまそうな朝食だねぇ」と言いながら部屋に入ってきた。

「食べますか」ときくと、「いや、いい」と言いながら手持ちのウイスキーを、コップに少し注いでいる。見ると、田村さんの顔がいつもよりあからんでいた。たぶんほんの少しトーストを食べたか、もしかしたら、何も食べずに飲んでいたのかもしれない。

ひとしきりおしゃべりをした後、「さっ、あしたから真人間」と宣言した。

わたしたちはその真人間という言葉が胸にしみた。ほんとだ、わたしたちも真人間になろうと思った。そんな言葉を田村さんが発したことがおかしくて、ほんとうに?と疑ったりもした。

でもそんなときは、田村さんが切実にあしたから真人間になりたいと思っているのだと承知していた。

酒とからだとこころのバランスがくずれかかってきて、つまりは、そろそろ今回の酒を切ろうとしている時だった。

真人間になろうなんて言葉が発せられてから、完全に酒を切るまでは少し時間がかかったが、やがて酒を切って、からだをいたわるために必ずや真人間になる日がきた。

しばらくするとほんとうに一滴も飲まず、真人間になった素面の田村さんがいるのだ。

真人間になった田村さんは我が家のドアをこんこんとすることはなかった。きまりわるいほど静かな生活がわたしたちにも訪れた。

次はいつ、むこうの山の端の狐さんにおいでおいでをされるのだろうかと、わたしは密かに思った。

気がつくと見えるはずもない狐の姿をさがしていた。

ほんの少し酔った田村さんのほうが、付き合いやすかったことはたしかだったからだ。

真人間になった田村さんはちゃんと三度の食事をとり、おやつにおしるこを食べたりしながら、散歩にもよく行き、実に健康的な毎日をすごしていた。

こういうときは、ベッドに寝転がっていても、詩作にふけっていたのだろうか。わたしには逆に見えていた。詩を生み出すためにほんの少しずつ酒を飲む日々がやってくるのではないか、と。どちらだったのか、わたしにはわからない。


きっかけはいろいろだった。

お気に入りの編集者が訪ねて来たときであったり、親しい友人の誘いの電話であったり、散歩の帰り道についふらふらっと飲み屋さんに足がむいたりと。

どっちにしろ、こんこん狐の誘いにのってしまって飲みはじめる日が必ずやってくるのだ。稲村ヶ崎の山の端の向こうだけではなく、田村さんにはあらゆるところでおいでおいでをする狐が見えていたのだと思う。田村さんがそう言っていたのだから。

こんこん狐といえば、田村さんは稲村ヶ崎から極楽寺に抜ける山道の途中にある小さなお稲荷様のことを、ことのほか大事にしていた。自分では行かないのだが、和子さんに言っていた。

「和ちゃん、お稲荷様にあぶらあげをお供えしといてよ」と。

和子さんは言われるとちゃんとあぶらあげを買ってきて、その小さなお稲荷様にお供えするのだ。一度だけだが、わたしはこっそりと見に行ったことがあった。やがてカラスかトンビに取られるのに、ちゃんとあぶらあげが供えてあった。

時間が経ってから、和子さんに、「まじめにお供えしているのね」と見てきたことを話すと、「だって、田村の頼みだもの」とサラリと答えた。

わたしはそんな単純な答えができる和子さんに感心してしまった。そしてなにごとも単純でいいなあと思った。

わたしには断酒している時の田村さんのこの頼みごとが、どうぞ飲まないでいられる日が一日でも長くつづきますようにという願掛けのように思えて仕方なかった。わたしの考えすぎだっただろうか。


泥酔から醒めたい、でも自分の力では酒が断てない、そうなるとかかりつけの病院に率先して入院していた。

そう何度もそんな状態を目にしたわけではないが、三年半くらいの間には何回かあった。

自分のからだについてはとても敏感に反応していた。いつも入院していたわけではない。たいていはある程度の期間飲みつづけては、酒を断つと自分で決めて何日も、いや、何十日もかけて酒を断っていた。

そうすると、なんとも静かな生活がわたしたちにもやってくるのだ。

田村さんは自分以外の誰よりも自分を愛していた、とわたしは思っている。誰でもそうかもしれないが、特別にそうだった。

酒が切れたあるとき、シミだらけの顔がいやだったのか、どこから情報を得るのか知らないが、シミをきれいにとってもらっていた。女であるわたしでもそんなことは思いつかないのに。

断酒のための入院をしていても、失敗することもあった。お気に入りの誰かがお見舞いに来ようものなら、話がはずみその勢いでさっさとパジャマの上に洋服を着て、飲みに行ってしまうという具合に。

お気に入りの誰かとは、もしかしたら人間の姿を借りたお狐さまだったのではないかとさえ思えるからおかしい。

退院してまた少しずつ飲む日々が始まる。

田村さんは酒を断っていた。

ある日、かつてわたしが勤めていた早川書房の専務ほか一同が、田村さんのところに来ることになった。田村さんはずっと昔編集長として勤めていたことがあったから、わたしから見れば大先輩にあたった。

その日、珍しく隣の部屋から声がかかった。

「ゆきちゃん、ちょっとこっちにきて」と。ドアを開けて入っていくと、何ともおかしそうな、でもちょっと嬉しそうな顔をして言うのだった。

「専務たちが来たら、ぼくが呼ぶまで絶対にこっちの部屋に入ってくるんじゃないよ。ちょうどいい頃合を見計らって呼ぶからさ」と。

わたしは、田村さんのところに間借りしているということをたくさんのひとには話していなかった。もちろん会社にもだ。こんな状況をあまり喜ばない会社だったからなおさらだ。

だから、専務はわたしがここに間借りしているなんてまったく知らなかった。

やがて、聞き覚えのある声が隣の部屋から聞こえてきた。当時すでに会社を辞めて三年くらい経っていた。とうにフリーになっていたのに、ひどく緊張して隣の部屋からの話や笑い声を聞いていた。

我慢して田村さんの声がかかるのを待っているつもりでいたのに、いよいよわたしを呼ぼうとしたそのときに、約束を破ってわたしが田村さんの部屋のドアをノックした。

なんだか田村さんには悪かったが、それ以上に専務に気まずい思いをさせるわけにはいかなかった。

わたしの突然の出現に少なからず専務は驚いていた。

「お久しぶりです。こちらに部屋を借りて住んでいます」と、挨拶をした。

田村さんはもろに面白くない顔をしていたが、それでもユーモアたっぷりに、「うちの店子なのよ」とおかしそうに専務に告げた。

挨拶と報告を済ますと、わたしは早々に自分の部屋に引き上げたが、専務が帰ったあとすぐに田村さんに呼ばれた。

「なんだよ、せっかく面白い演出を考えていたのに途中であらわれたりして」

と、不満そうであったが、しかたないかという表情で、

「面白かったな。びっくりした顔していたよ」と笑い顔で言った。

わたしは、申し訳ない気もしたが、なにかいたずらをした子どもみたいな気分になった。

渋谷の街には雪が降っていた。わたしはすでに会社を辞めていたが、まだ現役の先輩とのんべい横丁にある鶴八という飲み屋に行った。のれんをくぐるとおでんのいい香りが漂っていた。おでん専門の飲み屋だった。

鶴八に行くと、いつもほくほくのじゃがいもと糸こんにゃくと真っ白のはんぺんをいちばんに食べた。

十人も入らないほどの小さな飲み屋だったが、その日もすでにふたりの男性がしずかに話しながら飲んでいた。わたしには初めての客だったが、先輩は知っているらしく短く挨拶をしていた。

わたしはいちばん奥の隅っこに陣取って、寒いのにビールを飲みながら美味しくおでんを食べていた。

一緒の先輩は面白いひとで夏にはちょっと飲んで身体をひやしてから帰ろうよと言う。その頃会社にはクーラーがなく猛烈な暑さのなかで仕事をしていたので無理もなかった。冬にはストーブが焚かれていたが、その先輩はちょっと暖まってから帰ろうよと言うのだ。一年中飲む言い訳がなくなることはなかった。

田村さんの狐に似ている。

鶴八での先輩方の話を聞くともなく聞きながら飲んでいた。時計を見たら十一時になっていた。もう帰らないと鎌倉駅でタクシー待ちの長い行列だ。先輩にそう告げると、さきからいた客のひとりが、どこまで帰るのかと聞いてきた。「鎌倉の稲村ヶ崎です」と答えた。すると先輩が、「田村さんのところに部屋を借りているんですよ」と言った。

「田村ってあの田村隆一？　えっ、田村って家持ってんの。しかも部屋貸しているって。ほんとうに？　あの田村が家持ってるのか」

わたしはその客があまりに驚いているので不思議に思って先輩の顔をのぞき込んだ。

「詩人の中桐雅夫さんだよ」と紹介された。中桐さんは心底驚いているふうだった。

早くわかっていれば中桐さんに田村さんの昔の話をたくさん聞けただろうにと、とても残念に思った。

そのあとも中桐さんは酔った口調で、「田村がねえ、ほんとうかなあ」とつぶやいていたのが印象的だった。

田村さんの貧乏生活時代の話は、和子さんからたくさん聞いていたけれども、仲間が家を持っているかどうかも知らないことにわたしの方も驚いた。

わたしはなんとなく残念に思いながら鶴八を後にして家路についた。雪は来たときにもまして強く降っていた。

「蕎麦を食べたい」とある日田村さんが突然思い出したように言った。蕎麦を食べるんなら、折角だからやっぱり葉山の一色《いっしき》まで行こうということになった。

それまで、わたしはそんなところは知らなかったので、興味津々だった。和子さんの車におまけのように乗り込んだ。稲村ヶ崎からずーっと海辺を走る。稲村ヶ崎の切り通しを抜けて坂ノ下、そして由比ヶ浜、材木座の海岸を走り抜け、トンネルを抜けると逗子の海岸に出る。逗子海岸を通り過ぎると葉山に入って、もっと走ると、御用邸の見えるところに店はあった。

休みを心配しながら行ったが、のれんがかかっていた。ちょうど駐車場から一台の車が出て行ったので、和子さんが上手に停めた。

のれんをくぐると、落ち着いた雰囲気のしつらえだった。わたしたちはいちばん奥の畳のところに陣取った。

田村さんはまずお酒。わたしはもりそばの大盛りを頼んだ。和子さんはあったかい蕎麦を。

「ほう、通じゃないか」と田村さんにからかわれたが、わたしは蕎麦はもりが好きだ。

「ほら」と、田村さんがあごでわたしの後ろをさすので振り向いたら、ガラス張りの部屋の中で、おじさんが蕎麦を打っていた。あれがわたしたちの蕎麦かなあと思っていたら、打ち終わる前にわたしのもりそばがあがってきた。つやつやとした美味しそうな蕎麦だった。

しこしことして舌ざわりものどごしもいい。つるつると食べるわたしと和子さんの姿を見ながら、田村さんは相変わらず酒をおかわりして飲んでいた。わたしが食べ終わった頃田村さんが言った。

「蕎麦まんじゅうも頼んで食べたら」と。

蕎麦屋で蕎麦まんじゅうを頼んで食べるのは、わたしは生まれて初めての経験だった。あたたかい蕎麦の皮のなかに、ほんのりと甘い小豆のあんがとても美味しかった。

田村さんは一個も食べずに飲んでいたが、蕎麦まんじゅうを知っていたのは田村さんだったのだから、きっとその日以前に、どこかで食べたことがあったのだろうと思う。

その後この蕎麦屋に行くといつも蕎麦まんじゅうを食べた。ずーっと飲んでいた田村さんが蕎麦を食べたかどうか忘れてしまった。そもそも蕎麦を食べたかったのは田村さんだったのだから、食べたに違いないと思うのだが、全然記憶にない。

その後、わたしは遠くから友人が来たりするとよく通った。

残念ながら、その店は今はもうない。

江ノ電、稲村ヶ崎駅前の小さなビルの一階の奥にラーメンの偕楽はあった。ラーメンばかりではなく、ほかにもたくさんのメニューがある。出前もしてくれるから、いつも繁盛していた。

田村さんはそこの秋田美人のおかみさんが気に入っていて、外で飲みたくなるとよく偕楽に行こうと誘った。

そこには、田村さんが亡くなる頃まで、田村さんがインドに行ったときにお土産に買ってきた赤いきれいな布がさげてあった。古くなっていつしかはずされた。

偕楽の椅子席の椅子は低くて、田村さんが坐るにはちょっとむりだった。

田村さんは背が高く、足も長かったから、いつも畳のスペースにあぐらをかいて坐った。

メニューを見るまでもなく、田村さんはビールを頼んだ。わたしはラーメンもさることながら、偕楽のヒレカツ定食が好きだった。野菜たっぷり、お漬物たっぷりのボリューム満点の定食だ。今も変わっていないと思う。麺ならチャーシュー麺かシナチク麺がおすすめだ。

相変わらず、田村さんは何も食べず美味しそうにビールを飲みながら、ひとの食べるのを嬉しそうに眺めていた。

ここに来ると長尻で何時間にも及ぶことがしばしばだった。でもいつも込み合う時間を避けていたので、おかみさんもにこにこと対応してくれた。わたしは食べてしまうといつものように黙って、田村さんの話を聞いていた。

でも、あるときふと思い出して中桐さんの話をした。

「なにか言っていたかい」と聞かれたので、そのまま、「田村さんが家を持っていることに驚いていましたよ」と答えた。田村さんは嬉しそうにふんふんと頷いてにこにこと笑っていた。

「ぼくが食べられるようになったのは五十くらいになってからなんだ。それまでは野草を食べて暮らしていたのよ」といつものようにおかしそうに笑っていた。その話は、もう何回も聞いていたけれども黙っていた。

　和子さんは田村さんの四人目の正妻だった。和子さんもその苦労話をいつもあっけらかんと面白おかしく話してくれていたから、わたしは耳にタコができるほど聞いている話だった。

「ゆきちゃん、君たちもきっとなかなか食べられるようにはならない。覚悟したほうがいいかもな。それに彼はお金ができると女をつくるぞ」と言われた。わたしはまだ三十をすこしこしたばかりだった。田村さんはいつも鋭くひとを観察する。

　結局は二十年後近くに田村さんの観察どおりになったのだが、思い出して今、なんて勘の鋭いひとだったことかと、感心してしまう。

三月十八日の朝には毎年目のさめるようなシクラメンの鉢が田村家の玄関に置かれていた。

その日は田村さんの誕生日だった。わたしたちは二回ほどその現場に居合わせた。

田村さんの詩を愛する、もしくは田村さんのファンである乙女からのプレゼントだと和子さんは言っていた。

でも、二回目のときにその送り主の乙女の正体がわかった。Mという出版社に勤めていたEちゃんというひとだった。どうしてわかったのかは覚えていないが頭の切れる素敵な女性だった。

彼女は気取らず飾らず、わたしはとても好きだったが、そんなことを伝えたことは一度もない。

和子さんはとても花好きのひとだったから、長いこと楽しんでいた。ピカピカに磨かれたガラス戸の部屋の中には、いきいきとした観葉植物や鉢植えの花が所狭しとおかれてあった。

田村さんの部屋には何も置いていなかった。対照的な部屋だったけれども、これは田村さんの好みだったかもしれない。

居間である下の部屋は板間に一畳分くらいの掘ごたつがあった。冬には布がかけられることもあったが、だいたいはテーブルがわりだった。わたしは初めて田村さんに会ったとき、この居間の掘ごたつに足をぶらぶらさせていたのを覚えている。

田村さんも誕生日プレゼントの大きなシクラメンのあざやかな花を、まんざらでもない顔をして、ちょっと照れた表情でながめていた。酔っていればそうでもないが、素面のときにはちょっとしたことにも照れくさそうにする田村さんがいて、微笑ましかった。わたしたちは、田村さんの誕生日に特別なことをしたことは、一度もない。

田村さんは飲みはじめると、相変わらず我が家のドアを叩いて、酒ビン片手に訪ねてきていた。もちろんコップも持ってくるのだ。でも昼頃、和子さんが目覚めて下から大きな声で叫ぶ。「隆ちゃん、いいかげんにしなさいよ」と。そうすると田村さんは酒ビンとコップを持って、「おじゃまさま」と言うと、自分の部屋に退散するという日日が何日もつづく。反対に酒を断つと、なんとも静かな稲村ヶ崎の生活がやってくるというその繰り返しの日々がつづいていた。

その間にはわたしたちのところには、たくさんの来客があり、さぞや騒がしかったに違いないのに、一度も田村さんに文句を言われたことはなかった。

隣に田村さんが住んでいることを知ってわざわざやってくるひともいたが、そんなひとにはわたしたちの部屋から、そのまま田村さんの部屋に行くのは勘弁してもらった。当然だと思うが田村さんが嫌がった。

田村さんに会いたければ下の田村さんの玄関から訪ねてほしいと頼ん

だ。田村さんは直感が鋭く、ダメなひとは徹底してダメなのだった。

それでも、ひとによっては田村さんのほうから声をかけてくることもあった。そんなひとは滅多にいなかったが、鎌倉彫の工芸指導所のYさんのことはとても気に入っていて、大きな声でしゃべるものだからすぐに察知して、自分の部屋に呼ぶのだった。

Yさんはあらゆる工芸のことについて詳しく、紙漉《かみす》きのことにも詳しかった。そのときはわたしも居合わせたが、Yさんが言った。

「田村さん、いつか特別の紙を漉いてもらって、特別な詩集を作りましょうよ」

もちろん田村さんも乗り気だったけれども、なんと言ってもYさんは田村さんよりもひどい酒飲みだった。Yさんは自分で田村さんに言ったことなので、いつも気にしてそのことを話していたが、実現することはなかった。残念だったけれど、みんなでいっときいい夢をみられた。

実現しなかったことで、それぞれが頭の中で出来上がった田村さんの詩集を想像できたのだ。

稲村ヶ崎に住むようになってしばらくたった頃から、わたしは鍼灸《しんきゅう》の治療を受けていた。同じ年の先生で一週間に一回わたしたちの部屋まで来てくれていた。

先生は慶應大学の大学院まで出てから鍼灸の勉強を始めた方で、とてもまじめで誠実ないい先生だった。

わたしが診てもらいはじめた頃はまだ修行中で、リュックサックをしょって一軒ずつ患者さんのところを歩いて回っていた。

田村さんがあるときこのことを知って、自分も治療を受けると言いだした。和子さんも同時に受けることになった。

わたしは全身なんとなく調子が悪く、治療に時間がかかった。わたしの後が田村さんだった。そして和子さん。

先生が帰った後でよくからかうように言うのだった。

「ゆきちゃんは若いから、時間かけて診てもらえていいねえ。ぼくなんかゆきちゃんの半分ぐらいの時間しかかからないよ。ほんとうにうらやましいねえ」

先生はそんなことで差別をするような人柄ではなかった。

わたしは二年ぐらいでよくなって治療がおわった。けれども田村さんはずっと治療をつづけた。ずーっと後、最後の奥様のところに行ってからもつづけていたと聞いている。その頃はもう先生はりっぱになって診療所を設けていたにもかかわらず、特別にあたらしい田村さんの住居のほうに出張してもらっていたと聞いている。

最後、田村さんががんに罹ったときにも行っていたと聞いた。

自分のからだにはとても敏感に反応する田村さんだったから、先生の鍼灸の治療をずっと受けていたというのも頷ける話だ。

わたしは田村さんが、がんを患ったということをずっと知らなかった。お見舞いにも行けなかったことを、とても残念に思っているが、もし行けたとしても何もお話しすることはできなかっただろうと、思う。

わたしはほんとうに泥酔しきった田村さんの姿を見かけたことはないにひとしいが、一度だけまだ田村家に住む前に飲み屋から稲村ヶ崎に田村さんを送り届けたことがある。あれほど酔ったひとのお世話をすることは、それはそれは大変な体力と辛抱強さが必要だっただろうと思う。

わたしたちは、いつも酔いはじめから酔いきるまでと、そろそろ酒を切って真人間になろうとするときにしか接してはこなかったのだ。だから、いつのときもチャーミングな田村さんだった。

田村さんが大家になってから二年と十一カ月が過ぎようかという頃だった。相変わらず平和な日々がつづいていたが、わたしたちは経済的破綻に追い込まれていた。それにわたしはいささか疲れてきていた。精神的にも、経済的にも、肉体的にも。

やっぱり天才と一緒に住むのは無理になってきたかと思いはじめていた。いつか高梨豊さんが言っていたことが現実になりつつあった。

わたしたちは稲村ヶ崎から出る決心をした。愛猫二匹と一緒に住めるところを探したけれども、そんなところはなかなか見つからずに途方に暮れてしまった。

結局は、ずっと借りつづけていたわたしの独身時代の部屋に移ろうということになった。そこは小町通りに面した鉄筋三階建てのアパートの三階にある一室だった。当時一階は寿司屋だった。二階と三階がアパートになっていて、わたしは三階のいちばん眺めのいい部屋を借りていた。

その頃の家賃は一万五千円だった。六畳一間の入り口に三十センチ幅ぐらいの板敷きの靴脱ぎ場があり、半畳の台所と一間の押入れ天袋つき、水洗トイレがついていた。お風呂はなかった。その頃まだ銭湯がいくつか近くにあった。

そんなことを決めている最中に、突然和子さんが肺炎になって入院してしまった。十二月半ばのことだ。和子さんは片肺で心臓も手術していたので、ひどく心配だった。

わたしたちはひとりになる田村さんのことも気がかりだった。でも、最後の奥様になられた方が面倒を見ることになり、はじめのうちは稲村ヶ崎まで通ってきていた。けれども、その労力は大変で、結局はその方の住む鎌倉の二階堂に田村さんが行くことになった。

北村さんが逗子から抱えてきたオナガドリのタケとともに、当座田村さんに必要なものを持って行ってしまった。田村さんは何も心配しているふうはなかったけれども、わたしはなぜか安心のような不安のような複雑な気分だった。わたしはなんとなく、入院している和子さんが気の毒になった。

わたしたちの引越しは、大きなタンスなど以外はすべて自分たちでやった。最小限の荷物でアパートに移った。残りのたくさんの荷物はすべて彼の両親と祖父母が住む家にあずけた。タンスから食器や布団まで。

彼は能天気なわりには手回しがよく、しっかり家賃よりも高い駐車場を確保していた。

その頃は三菱のジープに乗っていたので、引越しの荷物もたっぷりと積み込めた。引越しは十二月三十一日の夕刻までかかった。

大晦日の夜中までに片付けも終わって、冷え切ったコンクリートの三階の部屋に、電気ごたつひとつの暖房で震えながら、二匹とふたりはこたつに潜り込んだまま雑魚寝で年越しをした。

その後この六畳ひと間に九年間も住むことになろうとは、そのときは想像もできなかった。ペケとコロンタを手始めにつぎつぎと猫は増えていって、ピーク時には人間ふたりと猫八匹の生活だった。猫の家に人間ふたりが間借りしているかのようだった。

和子さんががっかりしないように、最後の掃除は入念にやった。わたしたちが引越しても和子さんはしばらくは退院できなかった。病院に最後の家賃を払いに行ったら、最後の分はいらないよと言って受け取らなかった。わたしたちが困っているのを誰よりもわかっていた。

しばらくたって退院した和子さんは、ある詩の雑誌に間借り人を募集する旨の広告をだした。

春には新しい住人が見つかって嬉しそうだった。でもわたしは新しい住人に忠告したい気持ちがいっぱいだった。

かつて高梨さんがわたしたちに忠告してくれたように、ひとこともふたことも言ってあげたかった。

しかし、わたしたちのときとは状況が違った。田村さんが不在だった。田村さんは二階堂から帰ってくる気配がなかった。和子さんの心中は知らないが、表面的にはいっこうに気にしているふうは見えなかった。

新婚さんの新しい住人の旦那を連れて、六畳一間にもよく遊びにきた。わたしたちよりもずっと若いひとだった。和子さんに誘われてあちこちドライブしているようだった。当時は気付かなかったが、和子さんも不安や寂しさを抱えていたのだろうと思う。

田村さんのいない稲村ヶ崎での生活は、和子さんも物足りなさを感じていたに違いない。それから何年か経って和子さんと田村さんは離婚したのだが、わたしはかなり後になるまでその事実を知らなかった。

あるとき、和子さんがひとりでふらりと三階までやってきて、ちょっと休ませてと言った。わたしはひとりで仕事していた。何もいらないからそのまま仕事していて、と言ったので言われるままにした。ふっと一区切りついて、和子さんを見た。しずかに寝ているのかと思ったらはらはらと涙を流していた。

そのときわたしは離婚のことを何も知らなかった。気づかないふりをして、お茶をいれ和子さんを起こした。ずーっとあとで思った。そのとき、決心したのではないか、と。和子さんは人前で泣くような女性では決してなかった。弱みは見せない。あくまでも何事が起こっても平気をよそおっていた。稀に見る強い根性の持ち主だった。わたしは和子さんの涙を二度しか見たことがない。もう一度は北村さんが横浜に越して行った時だ。

田村家を出てから、わたしたちは次第に増えていく猫たちと小町通りの六畳一間で、案外と快適に暮らしていた。

そこは鎌倉駅から三分ぐらいだった。階段を降りると小町通りで、その頃の小町通りは今とは全然違って、完全な生活通りだった。一軒どなりには銭湯があり、八百屋があり、酒屋やこんにゃく屋、花屋やお茶屋、ところどころに大きな木のある住居もあった。なんとも風情のある一本の通りだった。

夜七時を過ぎると、三階にいても小町通りを歩くひとの足音まで聞こえるほどに静かになっていた。

わたしは、こたつで仕事をしていた。ある日のお昼をちょっと過ぎた頃のことだ。鉄のドアをカンカンカンと叩く音がしてびっくりした。ドアの覗き穴から覗くと田村さんの姿が見えた。あわてて鍵を開けた。

「いいねえ、ここの階段はブロンクスみたいじゃないか」と、笑いながら言った。のそのそと素足にはいた靴を脱いで部屋の中に入り、きょろきょろ見回して、「ううん、いい部屋じゃないか。ちょっとここで時間待ちしていいかい」と言いながら、窓際においてあったベッドにごろりと横になった。

「窓がいっぱいでいいねえ」と、横になっても見える空を眺めながら言った。こうもり傘をもっていた。さっきのカンカンカンという激しいノッキングは、まちがいなくそのこうもり傘の柄でドアを叩いたに違いないと思った。「居心地がいいねえ」と寝転んだままさかんに言い、「アメリカに行ったときブロンクスにはここみたいな階段がたくさんあったよ」となつかしそうに、でもにやにやしながら言った。

ここの階段は鉄で出来ていて、海風の影響か単に古かったからなのか一段としてまともな段はなく、錆びて穴があいていて下が見えていた。

階段がいたくお気に召したみたいだった。少し酔っているようだったが、これから東京に行くのだと言った。

なんの用事かも聞かなかったが、電車に乗るには早いし、この時間にはお気に入りの飲み屋も閉まっているしで、思い出してわたしたちのアパートを覗きに来てくれたらしかった。

この狭い部屋での暮らしを決してくささず、気に入ったところだけを褒めてくれて、わたしには田村さんの心からの優しさがじんわりとつたわってきた。

少し眠り、目覚めると、「何時だい？」と突然きいてきた。答えると、「そろそろ行くかな」と言ってゆっくりとベッドから起き上がり、窓から小町通りを覗き込んで、「面白い眺めだねえ」と笑顔で言いながら、「またな」とこうもり傘を片手に帰って行った。

なにしろブロンクスの階段だ。わたしは田村さんがちゃんと階段を下りきるまで階段の上から見送った。田村さんは後ろ姿のまま傘を振ってさよならを言うと、そのまま鎌倉駅の方へと歩いて行った。

わたしたちは、六畳一間の生活に徐々に慣れていった。小町通りに面していて、稲村ヶ崎にいるときとは環境がまるで違っていたが、生活にはとても便利であった。稲村ヶ崎から一緒に越してきたペケとコロンタにとっては激変といってよかった。

ペケはすぐに環境に溶け込み、あっという間に町猫になった。でもコロンタはまだ生まれて七カ月ぐらいだった。野放しで飼うにはわたしたちに勇気がなかった。だからコロンタは部屋から出るときは五メートルくらいの紐をつけた。三階の階段のおどり場まで届くようにしてあった。

コロンタはアパート猫になってもらい、夜中の十二時ごろに紐を引いて、小町通りの裏道を散歩してあげた。紐つきのまま木登りしたり、よそ猫に遭うと座り込んでにらめっこしたり、わたしたちにとっては根気のいる散歩だった。次第に友だちができたり、お気に入りの場所ができたりして楽しんだ。

稲村ヶ崎でのときのようには自由ではなかったけれども、わたしたちはなるべく猫たちが楽しむように気をくばった。

六畳一間には天袋と食器棚のあいだに、近所の材木問屋からヒノキの柱を買ってきて渡してやった。

家賃を取りに来た大家は猫を見て、「あんたらは子供もいないし、猫が子供みたいなものやねえ」と言って大目にみてくれた。

このアパートに九年住むことになったが、その間には猫は八匹にふくれあがっていたこともあった。

何年か後にはペケが交通事故で亡くなり、コロンタは八歳くらいで猫白血病と診断され、泣く泣く見送った。ヨタ、ゾウ、クロ、シマジ、イマ、キリン、テンテンと次々に増えていった。

夜の散歩もだんだん賑やかになっていって、コロンタとテンテン以外の猫たちは自由に付かず離れず、繋がれたコロンタとテンテンのあとをついてくるようになった。一時間から二時間近くの散歩は雨の日以外はずっとつづいた。

和子さんはちょくちょく遊びにきたが、田村さんは三回ほど遊びにきた。だいたいはわたし一人のときが多かった。

ここではお酒を催促されたことは、一度もない。

あきれたように笑いながら、猫、増えたのかい、と言っただけだった。

小町の家の生活にすっかり慣れた頃、和子さんから電話がかかってきた。

「田村が足を骨折してS病院に入院したから、行ってやってよ」和子さんの電話はいつも唐突だった。

わたしたちは真紅のバラを一本買ってお見舞いに行った。その病院は田村さんが何かあると入院する、小町からはそう離れていない病院だった。

一本のバラの花を見て田村さんが言った。

「気が利いているねえ。一本というのがとてもいい。じゃまにもならずに格別にきれいだ」

わたしたちはもしかしたら単にお金がなかっただけだったかもしれない。田村さんの言葉もわたしたちを思いやってのことだったかもしれない。それでも、わたしは褒められたようで嬉しかった。

わたしたちの六畳一間にもいつも一本のバラの花をかざっていた。それだけで、狭い空間に広がりを感じることができたからだ。

「この病院の大先生はね、元海軍なのよ。だからぼくはきめているの。入院するときはここことね」

あくまでも海軍だった。それも仕方なかったかもしれないと、今では思う。青春時代の大部分をそこで過ごしたのだから。

「気が合うのよお。だって、もともと海軍だからね」

戦争を知らないわたしたちには想像できないぐらい、田村さんの中では海軍は大きな位置をしめていたようだ。わたしたちはただただ頷くしか仕方なかった。

ほんとうに、今まで出会ったどんなひとより、海軍を誇りにしていた。北村さんも海軍だったと思うけれども、一度か二度しか話を聞いたことはない。

しかし、田村さんにとっては、海軍に籍をおいたことはとても大きな出来事だったことはたしかだ。

骨折では仕方ないが、酒を断つための入院などのときには、お気に入りのひとがお見舞いに来ようものなら、パジャマの上に服を着て、ちょくちょく一杯飲みに出かけていた。

けれども完全に酒が抜けきりそうなときにはそんなことはしなかった。完全に酒を断って退院して、穏やかな日々を和やかに過ごしていた。

極端に違う二面性の生活だ。疑問にも思わずにわたしたちは、これが田村さんなんだと受け入れていた。

わたしにとっては、どんな状態の田村さんも嫌ではなく、素敵な詩人だった。


稲村ヶ崎の家を出て、十六、七年経っていた。長いこと田村さんには会っていなかった。うわさは聞いていた。和子さんと離婚し、新しい奥様と二階堂のほうに住んでいると。

わたしたちは材木座に一軒家を借りて生活していたが、遠い昔田村さんが予言したように、いろんなことがあり、夫とは別居していた。

その日何の用事でそんなところにいたのか、何も記憶はないが鎌倉駅の前をぼんやりと歩いていた。

と、そこで田村さんの新しい家族三人に出会った。田村さんは昔とは違って、素敵なジャケットを着、革靴をはいて、とてもダンディにきまっていた。横にはきれいな奥様と可愛らしいお嬢さんが一緒にいて幸せいっぱいに見えた。

「ああ、こんにちは。おひさしぶりです」と言うと、「やあ、元気かい？」と聞かれた。

わたしはその頃、精神的に辛い状況にあって、とても元気とはいえなかったが、「はい、元気にしています」と答えた。

「彼はちゃんと働いているかい？　ぼくが言ったと伝えてくれ。働けよ、働けよ、働けよとね」と三回も強い調子で「働けよ」と言った。

「はい、伝えます」と答えた。

そのときのことは、田村さんの表情までしっかり憶えていて、忘れることができない。いつも優しい田村さんだったので、そんな強い調子で言うことはなかったからだ。

後になって気づいたが、もうすでにがんが見つかっていた頃だった。そのときは何も知らず、ただ偶然にも田村さんに会えたことが嬉しかった。声をかけて励ましてくれた言葉は、彼への遺言だったのだろう。しばらくたって入院したことや、手術はしないことにきめたと鍼灸の先生から聞いた。

お見舞いにも行かず自分のことに追われていたら、夏に訃報が届いた。わたしは枕花を用意して二階堂のお家を訪ね、そっと穏やかなお顔をした田村さんの枕元に置いてきた。

家中がひとでごったがえしていたので、誰にも挨拶もせず田村さんのご遺体を拝してそうっと帰ってきた。

あとがき

わたしにとって田村さんは終始孤高のひとであった。よこにいると、いつでも少し緊張した。でも、何を言われても、何を指図されても決して憎めなかった。

あるときは少年、あるときは詩の神さま。そしていつもはとてもいい大家さんだった。

わたしたちが田村さんにとって、いい店子であったかどうかはわからない。

一度も一緒に食卓を囲むことはなかったが、我が家の朝食の席にはただただ酒の相手がほしくて、飲んでいるときにはいつもいた。うわさ話をしたり、むかし話をしたり、そして海軍の話をしていた。

和子さんと離婚し最後の奥様と結婚してからは、めったにお会いすることもなかったが、その酒豪ぶりはどこからともなく耳にはいってきた。

だから最後に鎌倉駅で奥様とお嬢さんと三人でいらっしゃるときに、幸せそうにしていらっしゃる姿の田村さんにお会いしたときには、とても懐かしく感じた。

素面でダンディにきまっていた田村さん、優しく微笑みかけてくださった姿と顔とは決して忘れることはないだろう。

その日がお会いした最後になった。

橋口幸子（はしぐち・ゆきこ）
鹿児島生まれ。大学卒業後、出版社に勤務。
退社後はフリーの校正者として六十歳まで働く。
著書に『珈琲とエクレアと詩人―スケッチ北村太郎―』（港の人・二〇一一）。
『いちべついらい　田村和子さんのこと』（夏葉社・二〇一五）。

こんこん狐に誘われて
田村隆一さんのこと

二〇二〇年一〇月三一日　第一刷発行

著者　橋口幸子
発行者　小柳　学
発行所　株式会社左右社
〒一五〇-〇〇〇二　東京都渋谷区渋谷二-七-六-五〇二
電話〇三-三四八六-六五八三
ファクス〇三-三四八六-六五八四
http://www.sayusha.com
装画　早川志織
写真　松原蒼士
ブックデザイン　鈴木成一デザイン室
印刷・製本　創栄図書印刷株式会社

ISBN978-4-86528-003-6